LETTRES

DES

HOMMES OBSCURS

Traduites du latin

PAR

VICTOR DEVELAY

DEUXIÈME SÉRIE

PARIS
Librairie des Bibliophiles
Rue Saint-Honoré, 338
M DCCC LXX

LETTRES

DES

HOMMES OBSCURS

I

TIRAGE :

10 exemplaires sur papier de Chine
500 — sur papier vergé
———
510 exemplaires.

LETTRES
DES
HOMMES OBSCURS

Traduites du latin

PAR

VICTOR DEVELAY

DEUXIÈME SÉRIE

PARIS
Librairie des Bibliophiles
Rue Saint-Honoré, 338
M DCCC LXX

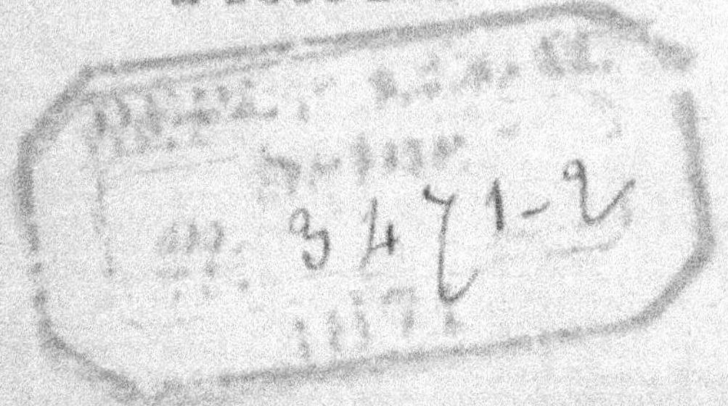

MAITRE PIERRE NÉGELIN

A MAITRE ORTUIN GRATIUS

SALUT

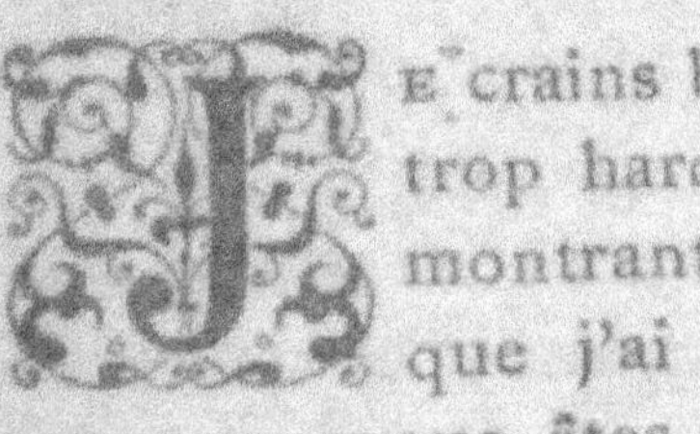

E crains bien d'être trop hardi en vous montrant un écrit que j'ai composé, parce que vous êtes plein d'art dans la composition des vers et des écrits. Je suis comme un petit enfant et comme dit Jérémie : *Ah! Ah! Ah! Seigneur, je ne sais pas parler, parce que je suis un enfant*. Je n'ai pas encore un bon fondement et je ne suis pas parfaitement instruit dans l'art de la poésie et de la rhétorique. Cependant, comme vous m'avez dit autrefois que je devais absolument composer une pièce de vers, veuillez donc me corriger celle-ci et me faire voir où sont les fautes. Pour lors je me suis dit dernièrement : « Celui-ci est ton maître, il a de bons sentiments pour toi et tu devrais lui obéir. Il peut te faire faire des progrès en cela et en toutes choses; tu pourras devenir un homme savant, si le Seigneur Dieu le veut, et tes affaires tourneront bien. Car il est écrit au premier livre des Rois : *L'obéissance vaut mieux qu'une victime.* »

C'est pourquoi je vous envoie

ici un poëme élaboré par moi en l'honneur de saint Pierre. Un compositeur, qui connaît bien le plain-chant et la musique, m'a composé sur ce poëme un chant à quatre voix. J'ai mis tout le soin que j'ai pu à le rimer comme il est rimé, parce que ces vers sonnent mieux en imitant l'arrangement des parties d'Alexandre. Je ne sais pas s'il y a des fautes. Vous devriez le scander selon l'art de la prosodie et le corriger.

NOUVEAU POEME DE MAITRE PIERRE NÉGELIN EN L'HONNEUR DE SAINT PIERRE.

Seigneur Saint Pierre, ayez pitié de nous, parce que le Sei-

gneur vous a donné avec ces clefs un très-grand pouvoir et que vous avez une grâce spéciale sur tous les saints; parce que vous êtes privilégié, que ce que vous déliez est délié sur la terre et dans le ciel, et que ce que vous liez est lié dans le ciel. Nous vous prions et vous supplions dévotement de prier pour nos péchés, en l'honneur de l'université.

On dit que le docteur Reuchlin, qui s'appelle en hébreu Jean Capnion, a obtenu à Spire une sentence en sa faveur, mais nos Maîtres de l'ordre des Prêcheurs disent que cela ne fait rien, parce que cet évêque ne comprend pas la théologie sacrée. Notre Maître de Hoogstraeten est à la Cour de Rome, et bien vu du chef apostolique. Il a des ressources en argent et en autres choses. Je donnerais quatre gros pour savoir la vérité. Écrivez-moi donc. Juste Dieu! qu'y a-t-il, que vous ne m'envoyez pas une seule lettre? Je suis pourtant bien aise quand vous m'écrivez. Portez-vous bien et daignez saluer de ma part notre Maître Valentin de Geltersheim; notre Maître Arnold de Tongres, au collége Saint-Laurent; notre Maître Remigius; Seigneur Rurger, licencié au collége du Mont, et prochainement *Magister nostran-*

dus ; Seigneur Jean Pfefferkorn, personne zélée, et les autres qui sont bien qualifiés en théologie et en arts. Portez-vous bien dans le Seigneur.

Donné à Trèves.

ÉTIENNE CALVASTER
Bachelier

A MAITRE ORTUIN GRATIUS

JE salue avec humilité votre Grandeur, vénérable Seigneur Maître. Il est venu ici un compagnon qui a apporté certains vers, en disant que vous les aviez composés et répandus dans Cologne. Alors un poëte qui a ici une grande réputation, mais qui n'est pas bien chrétien, les vit et dit qu'ils n'étaient pas bons et qu'ils avaient plusieurs défauts. J'ai répondu : « Si Maître Ortuin les a composés, alors ils sont sans défaut, cela est certain » ; et j'ai voulu parier ma robe que si ces vers avaient des défauts vous ne les auriez pas composés, et que si vous les avez composés c'est qu'ils n'ont pas de défauts. Je vous envoie ces vers afin que vous voyiez si vous les avez faits et que vous me l'écriviez. Ce poëme a été composé sur la mort de notre Maître Sotphi, au collége de Kneck, qui a rédigé jadis une glose notable, et qui maintenant, ô douleur ! est trépassé. Qu'il repose en paix ! Voici le début :

Ici est mort un très-solennel

suppôt, né par le Saint-Esprit pour l'université, qu'il a régie au collége de Kneck. Il entassait compilations sur compilations. Oh! s'il avait pu vivre plus longtemps et écrire encore des gloses notables, alors il aurait aidé cette université et enseigné aux écoliers la bonne latinité. Mais, maintenant qu'il est tré-passé et qu'il n'a pas assez expliqué Alexandre, l'université pleure son membre comme une lampe ou un candélabre qui a brillé au loin par le savoir qui s'en échappait. Personne n'a si bien écrit les constructions; il confondait ces poëtes bouffons qui n'enseignent pas bien la grammaire par la logique, la science des sciences, et qui ne sont pas illuminés dans la foi. C'est pourquoi la sainte Église les repousse, et, s'ils ne veulent pas penser comme il faut, alors ils seront brûlés par Hoogstraeten, qui a déjà cité Jean Reuchlin et l'a traité admirablement devant le tribunal. Mais toi, Dieu tout-puissant, écoute cette prière que je te fais en suppliant et en pleurant : Accorde au membre mort ta faveur sempiternelle, et envoie les poëtes en enfer.

Il me semble que c'est un très-beau poëme, mais je ne sais pas comment je dois le scander, parce que c'est un genre à part et que je sais seulement scander les hexamètres. Vous ne devriez pas souffrir que quelqu'un blâmât vos vers; écrivez-moi donc, alors je vous défendrai jusqu'au duel. Portez-vous bien.

De Munster en Westphalie.

JEAN LUCIBULAIRE

A MAITRE ORTUIN GRATIUS

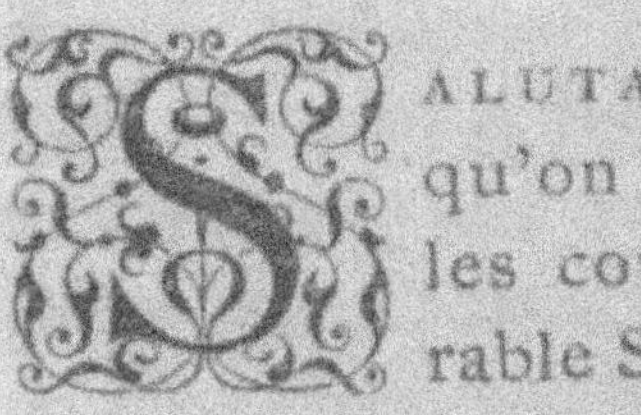

SALUTATIONS telles qu'on ne puisse pas les compter, vénérable Seigneur Maître. Vous m'avez promis précédemment de me prêter votre assistance quand j'en aurais besoin, et de me faire avancer par dessus tous les autres, et vous m'avez dit que je devais hardiment vous invoquer, et qu'alors vous me viendriez en aide comme à un frère et ne m'abandonneriez pas dans ma détresse. Je vous prie donc pour l'amour de Dieu, parce que cela est très-nécessaire, de vouloir m'aider parce que vous le pouvez bien. Le recteur a congédié ici un collaborateur et il veut en prendre un autre; par conséquent veuillez lui écrire pour moi une lettre de recommandation afin qu'il veuille ou qu'il daigne m'accepter. Je n'ai plus d'argent, parce que j'ai tout dépensé et que j'ai acheté des livres et des souliers. Vous savez bien que je suis capable par la grâce de Dieu, parce que, quand vous étiez à Deventer, j'étais en seconde, et ensuite je suis resté un an à Cologne, pour me préparer au degré de bachelier, et j'aurais été promu vers la fête de saint Michel, si j'avais eu de l'argent. Je sais expliquer aux écoliers l'*Exercice des enfants*, et le *Petit ouvrage* de la seconde partie; je connais l'art de scander, comme vous me l'avez enseigné, et Pierre d'Espagne dans tous ses traités et un peu de philosophie naturelle. Je suis chantre, je connais le plain-chant et la musique, et avec cela j'ai une voix de basse et je puis chanter une note au-dessous de la gamme. Je ne vous écris pas cela pour me vanter, excusez-moi donc. Je vous recommande au Tout-Puissant. Portez-vous bien.

De Zwoll.

MAITRE
CONRAD DE ZWICKAU

A MAITRE ORTUIN GRATIUS

SALUT

OMME vous m'avez écrit dernièrement au sujet de votre maîtresse que vous l'aimiez intimement, et qu'elle vous aimait aussi ; qu'elle vous envoyait des bouquets, des mouchoirs, des ceintures et autres cadeaux, et qu'elle ne recevait pas d'argent de vous comme les courtisanes; que, quand son mari était dehors, vous alliez la voir, et qu'elle était bien contente; comme vous m'avez dit que vous l'aviez forniquée trois fois sans désemparer, et une fois en vous tenant debout derrière la porte d'entrée, après avoir chanté : *Princes, ouvrez vos portes*, qu'ensuite son mari était venu et que vous vous étiez enfui par derrière à travers le jardin; je veux pareillement vous écrire comment je réussis avec ma maîtresse.

C'est une femme très-excellente, elle est riche, et cela s'est trouvé à merveille que j'aie fait sa connaissance parce qu'un damoiseau qui est connu du Pape m'a fait avancer. Je me suis mis aussitôt à l'aimer beaucoup, au point que je ne savais que faire le jour, et que la nuit je ne pouvais dormir. Quand je me suis endormi, alors j'ai crié dans mon lit : « Dorothée! Dorothée! Dorothée! » si fort que les compagnons qui demeurent au collége l'ont entendu. Ils se levèrent et me dirent : « Seigneur Maître, qu'avez-vous à crier de la sorte? Si vous voulez vous confesser, nous allons amener un prêtre. » Ils crurent que j'étais à l'article de la mort, et que j'invoquais sainte Dorothée avec d'autres saints. Et je rougis beaucoup. Mais quand je parus devant ma maîtresse, je fus si intimidé que je ne pus la regarder, et je devins tout rouge. Alors elle me dit : « Ah! Seigneur Maître, pourquoi êtes-vous si honteux? » Et elle m'en demanda plusieurs fois la cause. Je lui répondis que je n'osais pas la lui dire; mais elle voulut la savoir et ne voulut pas me quitter avant que je la lui eusse dite; elle ajouta qu'elle ne se fâcherait pas contre moi quand même je lui dirais une grosse polissonnerie. Alors cette fois je devins hardi, et je lui révélai mes secrets. Parce que vous m'avez dit autrefois, quand vous expliquiez l'*Art d'aimer* d'Ovide, que les amants devaient être très-hardis comme les guerriers, et que sans cela ils ne faisaient rien qui vaille. Et je lui dis : « Ma révérende dame, excusez-moi à cause de Dieu et à cause de tout votre honneur, je vous aime, je vous ai choisie de préférence parmi les filles des hommes, parce que vous êtes belle entre les femmes et qu'il n'y a point de tache en vous ; parce que vous êtes la plus charmante créature que l'on puisse voir dans le monde entier. » Alors elle sourit et dit : « Pardieu, vous savez parler amicalement, si je voulais vous croire. » Ensuite je suis venu souvent dans sa maison et j'ai bu avec elle. Quand elle est à l'église, alors je me place de façon que je puisse la voir, et elle me regarde comme si elle voulait voir au travers de moi.

Dernièrement je la priai instamment d'avoir des bontés pour moi. Alors elle me dit que je ne l'aimais pas, et je lui jurai que je l'aimais comme ma propre mère et que je voudrais tout faire pour son service, même quand il m'en coûterait la vie. Alors elle me répondit, cette chère et belle maîtresse : « Je verrai bien si c'est vrai. » Elle fit une croix avec de la craie sur sa maison, et elle me dit : « Si vous m'aimez, tous les soirs, quand il fera nuit, vous baiserez cette croix à cause de moi. » Je le fis pendant plusieurs jours. Mais il arriva que quelqu'un mit de la merde sur cette croix, et, en la baisant, je me salis la bouche, les dents et le nez. Je fus très en colère contre elle, mais elle jura sur tout ce qu'il y avait de plus saint qu'elle ne l'avait pas fait, et je le crus parce que, pardieu! elle est honnête. Je soupçonne un compagnon de l'avoir fait, et, si je peux le surprendre, je vous promets qu'il aura sa rétribution.

Mais elle me témoigne maintenant plus d'amabilité qu'auparavant, et j'espère que je la forniquerai. Dernièrement quelqu'un lui a dit que j'étais poëte, et elle me dit : « J'ai appris que vous étiez un bon poëte; composez-moi donc une pièce de vers. » Je la fis et je la chantai le soir dans la rue pour qu'elle l'entendît. Je la lui traduisis ensuite en allemand, et la voilà :

O auguste Vénus, inventrice et dominatrice de l'amour, pourquoi ton fils est-il mon ennemi? O belle Dorothée, que j'ai choisie pour ma maîtresse, tâche d'être pour moi ce que je suis pour toi. Tu es la plus belle parmi toutes les beautés de cette ville; tu resplendis comme une étoile et tu souris comme une rose.

Elle m'a dit qu'elle voulait garder cela toute sa vie à cause de moi. Vous devriez me donner conseil comment je dois me conduire et comment je dois faire pour qu'elle m'aime. Excusez-moi si j'écris sans façon à votre Seigneurie, car j'ai pour habitude d'en user familièrement avec mes amis. Portez-vous bien au nom du Béni.

De Leipzig.

GÉRARD SCHIRRUGL

A MAITRE ORTUIN GRATIUS

BIEN *des salutations pour la gloire de Notre Seigneur qui est ressuscité des morts et qui siége maintenant dans les cieux*. Honorable personne, je vous fais savoir que je ne me plais pas ici, et que je regrette de ne pas être resté à Cologne auprès de vous, où j'aurais plus profité; car vous auriez pu me faire bon logicien et aussi un peu poëte. A Cologne, les hommes sont dévots; ils fréquentent volontiers les églises et vont le dimanche au sermon ; il n'y a pas autant de fierté qu'ici. Les suppôts ne font pas la révérence aux Maîtres, et les Maîtres ne font pas attention aux suppôts; ils les laissent aller comme ils veulent, ils ne portent pas de capuchon, et quand ils vont au cabaret, ils jurent par Dieu, blasphèment et font beaucoup de scandales. Ainsi dernièrement l'un d'eux a dit qu'il ne croyait pas que la robe du Seigneur, qui est à Trèves, fût la robe du Seigneur, mais une vieille guenille pleine de poux, et qu'il ne croyait pas non plus qu'il y eût encore au monde des cheveux de la bienheureuse Vierge. Un autre a dit que probablement les trois rois * de Cologne étaient trois rustres de Westphalie, et que le glaive et le bouclier de saint Michel n'ont pas appartenu à saint Michel; il a dit aussi qu'il voulait embrener les indulgences des frères Prêcheurs, parce que c'étaient des bouffons qui trompaient les femmes et les paysans. Alors j'ai dit : « Au feu, au feu cet hérétique ! » et il s'est moqué de moi. Mais je lui ai dit : « Ribaud, tu devrais dire cela quand notre Maître de Hoogstracten de Cologne t'entendrait, lui qui est inquisiteur

* Les rois mages.

des erreurs hérétiques. » Alors il dit : « Hoogstraeten est une exécrable et maudite bête, » et il le maudit et il dit : « Jean Reuchlin est un brave homme, et les théologiens sont des diables, et ils l'ont jugé injustement quand ils ont brûlé son livre intitulé le *Miroir oculaire.* » Alors je répondis : « Ne dis pas cela, parce qu'il est écrit dans l'Ecclésiastique, ch. VIII : *Tu ne jugeras pas contre le juge, parce qu'il juge selon la justice.* Tu vois que l'université de Paris, où sont des théologiens très-profonds et zélés, et qui ne peuvent errer, a jugé comme celle de Cologne ; pourquoi veux-tu donc être contre toute l'Église? » Alors il dit que les Parisiens étaient des juges très-iniques, et qu'ils ont reçu des frères de l'ordre des Prêcheurs de l'argent que leur avait apporté (quel horrible mensonge!) un homme zélé et un théologien très-scientifique, seigneur Théodoric de Gand, légat de l'université de Cologne. Il dit encore que ce n'était pas l'Église de Dieu, mais celle dont parle le Psalmiste : *Je hais l'Église des méchants, et je ne m'assiérai pas avec les impies.* Il blâma nos Maîtres de Paris dans tous leurs actes, et dit que l'université de Paris était la mère de toute folie, qui y avait pris naissance et s'était répandue en Allemagne et en Italie, et que cette école semait partout la superstition et la vanité, et que presque tous ceux qui étudiaient à Paris avaient mauvaise tête et étaient quasi fous. Il dit que le Thalmud n'était pas condamné par l'Église.

Alors notre Maître Pierre Meyer, curé de Francfort, qui se trouvait là, dit : « Je veux montrer que ce compagnon n'est pas bon chrétien et qu'il ne pense pas comme il faut avec l'Église. Sainte Marie! vous autres compagnons vous voulez beaucoup parler de théologie et vous ne la connaissez pas. Reuchlin même ignore où il est écrit que le Thalmud est prohibé. » Alors ce compagnon demanda où cela était écrit. Notre Maître Pierre dit que cela se trouvait dans le *Bouclier de la foi*. Ce truffeur répondit que le *Bouclier de la foi* était un livre merdeux et sans valeur, et que personne ne citait un pareil livre, à moins d'être un sot et un imbécile. Je fus très-effrayé parce que notre Maître Pierre fut très-irrité, au point que ses mains tremblaient; je craignis qu'il ne le maltraitât et je lui dis : « Illustre Seigneur, soyez patient parce que *celui qui est patient sera gouverné par une grande sagesse*. Proverbes, XIII. Laissez-le, parce qu'il périra comme la poussière emportée par le vent. Il parle beaucoup, mais il ne sait rien. Il est écrit dans l'Ecclésiastique : *Le fou prodigue les paroles*, et c'est ce qu'il fait. » Alors, ô douleur ! ce compagnon se mit à déblatérer contre l'ordre des Prêcheurs, disant que ces bons frères ont commis à Berne des abominations, ce que je ne croirai pas de ma vie, qu'ils ont été brûlés, et qu'un jour ils ont mis du poison dans le sacrement de l'Eucharistie et qu'ils ont fait périr un empereur. Il dit qu'il fallait détruire cet ordre, sans quoi il y aurait une foule de scandales pour la foi, parce que cet ordre était plein de malice, et il ajouta beaucoup d'autres choses.

Vous devez donc comprendre

clairement que je voudrais bien retourner à Cologne, car que dois-je faire avec des hommes aussi médisants? *Que la mort vienne sur eux*, comme dit le Psalmiste, *et qu'ils descendent tout vivants dans l'enfer, parce qu'ils sont fils du diable!* Si vous l'approuvez, je prendrai d'abord mon degré; sinon, je partirai tout de suite. Faites-moi donc connaître promptement votre opinion; je me conduirai d'après elle, et en même temps je vous recommande au Seigneur Dieu. Portez-vous bien.

De Mayence.

JEAN VICKELF,

Humble professeur de théologie sacrée,

A MAITRE ORTUIN GRATIUS,

Poëte, théologien, etc.

SALUT

UISQUE vous avez été autrefois mon disciple à Deventer, et que je vous ai aimé pour lors par-dessus tous les écoliers, parce que vous aviez un bon caractère et que vous étiez un jeune homme très-discipliné, par conséquent je veux encore maintenant vous donner des conseils partout où je pourrai. Mais vous devez aussi les recevoir avec un bon esprit, parce que Dieu, qui scrute les cœurs, sait que je vous parle par affection et pour le salut de votre âme.

Il y a ici des gens de Cologne qui ont dit que vous aviez à Cologne une femme qui était souvent vers vous, et que vous étiez souvent vers elle, et ils affirment que vous avez accointance avec elle. J'ai été très-affligé et très-effrayé quand je l'ai appris, car c'est un grand scandale si cela est vrai, parce que vous êtes gradué et qu'avec le temps vous monterez encore plus haut, c'est-à-dire aux degrés en théologie sacrée; et quand on raconte sur vous de telles choses, cela donne mauvais exemple aux jeunes, qui ensuite se pervertissent. Vous avez pourtant bien lu dans l'Ecclésiastique : *Plusieurs se sont perdus par la beauté de la femme, car c'est par là que la concupiscence s'allume comme le feu.* Et encore : *Détourne les yeux d'une femme parée et ne considère pas la beauté de l'étrangère.* Et encore : *N'arrête point tes regards sur une jeune fille, de peur que sa beauté ne te soit un sujet de chute.* Vous savez aussi que la fornication est un très-grand péché. Mais avec cela j'apprends que cette femme est légitime et qu'elle a son mari. Pour Dieu quittez-la et ménagez votre réputation. C'est un scandale que le monde puisse dire qu'un théologien est adultère, parce qu'autrement vous avez une assez bonne réputation ; tout le monde dit que vous êtes bien qualifié, comme je le sais. Vous devriez chaque jour faire une méditation dévote sur la passion de Notre Seigneur, parce que c'est un grand remède contre les tentations du diable et l'aiguillon de la chair, et demander dans vos oraisons que le Seigneur veuille vous préserver des mauvaises pensées.

Je crois que vous avez lu ces choses-là dans les poëtes séculiers, et que ce sont eux qui vous ont gâté. Je voudrais donc que vous renonçassiez à ces poëtes, car vous savez que saint Jérôme a été battu par l'ange pour avoir lu dans un livre des poëtes, et je vous ai souvent dit à Deventer que vous ne deviez pas vous faire poëte ou juriste, parce que ces gens-là sont mal affectionnés dans la foi et qu'ils ont presque tous de mauvaises dispositions dans les mœurs, C'est d'eux que le Psalmiste a dit : *Vous haissez ceux qui observent des choses vaines et superflues.*

Je veux encore vous parler

d'autre chose. On dit que vous avez écrit contre Jean Reuchlin pour la cause de la foi, et vous avez raison de faire valoir le talent que Dieu vous a donné. Mais on dit ici que Jean Pfefferkorn, que vous avez défendu, est un mauvais drôle, qui ne s'est pas fait chrétien par amour de la foi, mais parce que les juifs ont voulu le pendre à cause de ses abominations, car ils disent que c'est un voleur et un traître; malgré cela on l'a baptisé, et tout le monde dit que dans le fond il est mauvais chrétien et qu'il ne restera pas dans la foi; voyez donc ce que vous avez à faire. On a déjà brûlé à Halles un juif baptisé, qui se nomme aussi Jean Pfefferkorn et qui a fait beaucoup de mal. Je crains que si celui-ci en fait autant vous n'ayez à en souffrir. Néanmoins, vous devriez défendre la théologie ; prenez en bonne part les avis que je vous ai donnés fraternellement, et portez-vous bien en bonne prospérité.

Donné à Magdebourg.

PAUL DAUBENGIGEL

A MAITRE ORTUIN GRATIUS

NOMBREUSES SALUTATIONS

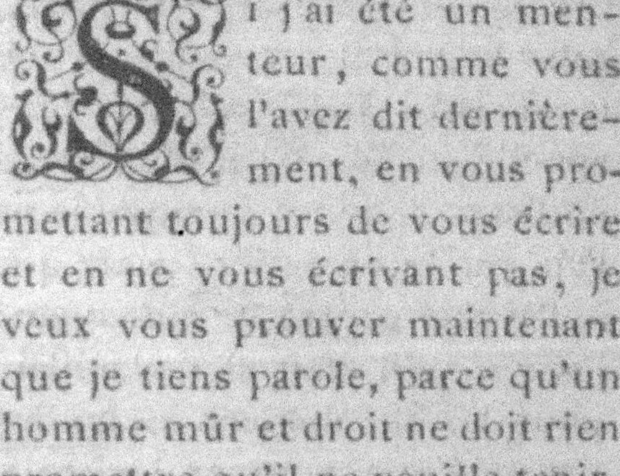

Si j'ai été un menteur, comme vous l'avez dit dernièrement, en vous promettant toujours de vous écrire et en ne vous écrivant pas, je veux vous prouver maintenant que je tiens parole, parce qu'un homme mûr et droit ne doit rien promettre qu'il ne veuille tenir, et que ce serait une grande inconséquence de ma part si je ne tenais pas ma promesse et si j'étais trompeur. Écrivez-moi pareillement, alors nous nous enverrons ou nous nous adresserons souvent des lettres mutuellement.

Vous saurez que le docteur Reuchlin a fait imprimer un livre qui est intitulé : *Défense*, dans lequel il scandalise d'une façon très-indécente et vous appelle un âne. J'ai bien rougi en lisant ce livre, quoique je ne l'aie pas lu en entier, parce que je l'ai jeté contre le mur quand j'ai vu qu'il était si malveillant pour les théologiens et les artistes. Vous pourrez le lire si vous voulez, parce que je vous l'envoie. Il me semble que cet auteur doit être brûlé avec son livre, parce qu'il est très-scandaleux qu'on puisse écrire un tel livre. Dernièrement je suis allé au haras et j'ai voulu acheter un cheval sur lequel je voulais aller à cheval à Vienne, alors j'ai vu ce livre en vente et je me suis dit en moi-même qu'il était nécessaire que vous vissiez ce livre afin que vous pussiez y répondre selon sa perversité, parce que si je pouvais vous rendre de grands services, je ne voudrais pas hésiter, car vous avez en moi un humble serviteur et un partisan.

Vous saurez que j'ai encore mal aux yeux; mais il est venu

ici un alchimiste qui dit qu'il sait guérir les yeux, quand même on lui donnerait un homme complétement aveugle. Il a d'ailleurs beaucoup d'expérience parce qu'il a voyagé en France, en Italie et dans plusieurs pays. Et comme vous savez, tout alchimiste est médecin ou savonnier, quoique celui-ci se soit un peu appauvri.

Vous me demandez aussi comment vont mes affaires. Je vous remercie de me le demander, vous saurez que je me porte toujours bien par la grâce de Dieu; j'ai pressuré beaucoup de vin pendant ces vendanges et j'ai fait une bonne récolte de blé.

Pour ce qui est des nouvelles,

sachez que le Sérénissime Seigneur Empereur envoie beaucoup de monde en Lombardie contre les Vénitiens, pour les corriger de leur orgueil. J'en ai bien vu deux mille avec six bannières, une moitié avait des lances et l'autre moitié des arquebuses et des bombardes. Ils étaient très-terribles et ils avaient des chausses déchirées. Ils ont fait beaucoup de dommages aux paysans et aux vilains, et les hommes ont dit qu'ils voudraient qu'ils fussent tous tués, mais je souhaite qu'ils reviennent en bonne santé.

Envoyez-moi par ce courrier les *Formalités* et les *Distinctions de Scot*, qu'a composées Brulifer, et aussi le *Bouclier des Thomistes* imprimé par Alde, si vous pouvez le trouver. Je voudrais bien aussi voir le *Traité de versification* que vous avez composé. Achetez-moi Boèce avec toutes ses œuvres, et surtout la *Discipline des écoliers* et la *Consolation philosophique*, avec le commentaire du saint docteur. En même temps portez-vous bien et gardez-moi vos bontés.

D'Augsbourg.

MAITRE PHILIPPE SCULPTOR

A MAITRE

ORTUIN GRATIUS

SALUT

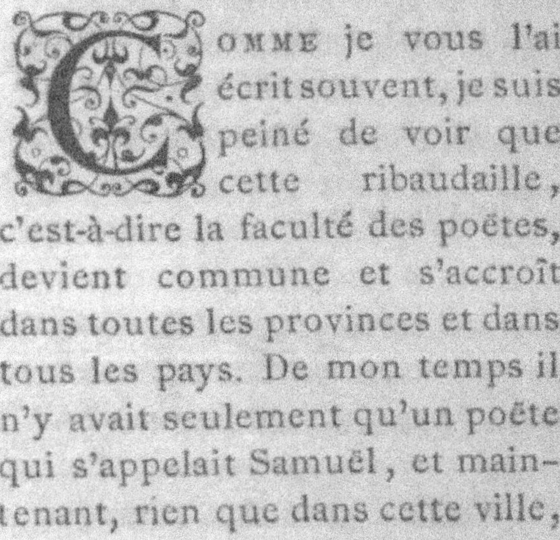

Comme je vous l'ai écrit souvent, je suis peiné de voir que cette ribaudaille, c'est-à-dire la faculté des poëtes, devient commune et s'accroît dans toutes les provinces et dans tous les pays. De mon temps il n'y avait seulement qu'un poëte qui s'appelait Samuël, et maintenant, rien que dans cette ville, ils sont bien vingt, et ils nous vexent tous, nous qui tenons pour les anciens. Dernièrement j'en ai bien arrangé un qui a dit que le mot *écolier* ne signifiait pas une personne qui va à l'école pour apprendre. Je lui ai dit : « Ane, veux-tu corriger le saint docteur qui donne cette définition ? » Depuis il a écrit une invective contre moi, dans laquelle il a mis plusieurs termes injurieux, et a dit que je n'étais pas un bon grammairien parce que je n'avais pas expliqué comme il faut les mots quand j'ai enseigné la première partie d'Alexandre et le livre de l'*Interprétation* *.

* Traité de grammaire d'Aristote.

Je veux vous écrire formellement ces définitions, afin que vous puissiez voir que je les ai expliquées comme il faut suivant tous les dictionnaires, et en outre je peux citer des auteurs authentiques, même en théologie.

J'ai dit premièrement : « *Seria* signifie quelquefois marmite, et alors il vient de *Syria*, parce que c'est dans cette province qu'on en a fait pour la première fois ; il peut venir aussi de *serius*, utile, nécessaire, ou de *series*, qui veut dire avec ordre. Item *patricii* signifie les pères des sénateurs. Item *currus* vient de *currere*, parce que ce qui est dans le char court en dehors. Item *jus*, *juris* signifie justice ;

mais *jus, jutis* signifie sauce ; d'où le vers :

Jus, jutis mando ; jus, juris in agmine [pando.

Item *lucar* signifie l'argent que l'on retire d'un bois ou d'une forêt. Item *mantellus* signifie manteau, et c'est de là que vient le diminutif *manticulus*. *Mecanicus* veut dire faux ; c'est pourquoi l'on dit : les arts mécaniques, c'est-à-dire faux, par rapport aux arts libéraux, qui sont les vrais. Item *mensorium* est tout ce qui se rattache à la table. Item *polyhistor* veut dire qui sait plusieurs histoires, et de là vient *polyhistoria*, c'est-à-dire pluralité des histoires. *Polyse-*

nus veut dire qui a plusieurs sens. »

Il a dit que ces explications et d'autres semblables n'étaient pas vraies, et il m'a scandalisé devant mes écoliers. Alors j'ai dit qu'il suffisait pour le salut éternel d'être un simple grammairien et de savoir au moins exprimer la conception de sa pensée. Alors il m'a répondu que je n'étais grammairien ni simple ni double et que je ne savais rien. Alors j'ai été très-content, parce que maintenant je veux le citer d'après les priviléges de l'université de Vienne, où il doit me répondre, parce que j'y ai été promu par la grâce de Dieu au degré de Maître; et si j'ai été capable pour toute l'université, je veux aussi être capable pour un poëte, parce que l'université est plus qu'un poëte. Et croyez-moi, je ne donnerais pas cette injure pour vingt florins.

On dit ici que tous les poëtes veulent tenir avec le docteur Reuchlin contre les théologiens, et qu'il y en a déjà un qui a composé un livre qui s'appelle le *Triomphe de Capnion* * et qui contient beaucoup de scandales, même sur vous. Plût à Dieu que tous les poëtes fussent là où vient le poivre, afin de nous laisser en paix, car il est à craindre que la faculté des

* Nom de Reuchlin grécisé.

arts ne périsse à cause de ces poëtes, parce qu'ils disent que les artistes séduisent les jeunes gens, qu'ils en reçoivent de l'argent et qu'ils les font bacheliers et maîtres, quand même ils ne savent rien. Ils ont déjà fait que les écoliers ne veulent plus être promus dans les arts, mais qu'ils veulent tous être poëtes. J'ai un ami qui est un bon jeune homme qui a un excellent esprit; ses parents l'ont envoyé à Ingolstadt, et je lui ai donné des lettres de recommandation pour un certain Maître qui est bien qualifié dans les arts et qui se prépare maintenant au degré de docteur en théologie; eh bien, ce jeune homme a quitté ce

Maître, il est allé vers le poëte Philomusus et il écoute ses leçons. Aussi j'ai pitié de ce jeune homme, suivant ce qui est écrit dans les Proverbes, XIX : *Celui qui a pitié du pauvre prête au Seigneur à intérêt*, parce que s'il était resté jusqu'à présent auprès de ce Maître il serait maintenant bachelier. Mais il ne sera rien, quand même il étudierait dix ans en poésie.

Je sais que vous essuyez aussi beaucoup de vexations de la part de ces poëtes séculiers. Car, quoique vous soyez aussi poëte, vous n'êtes cependant pas un poëte comme eux. Vous tenez pour l'Église et avec cela vous êtes bien fondé en théologie ; et quand vous faites des vers ce n'est pas sur des futilités mais sur les louanges des saints. Je voudrais bien savoir comment va votre affaire avec le docteur Reuchlin. Si je peux vous être utile en cela, alors faites-le-moi savoir, écrivez-moi tout, et portez-vous bien.

ANTOINE RUBENSTAD

Souhaite le bonjour amicalement, avec une affection cordiale

A MAITRE ORTUIN GRATIUS

Vénérable Seigneur Maître, sachez que pour le moment je n'ai pas le temps d'écrire pour des choses qui ne sont pas très-nécessaires, mais répondez-moi seulement à une question que je pose ainsi : « Un docteur en droit est-il tenu de faire la révérence à un notre Maître qui n'est pas revêtu de son habit ? » L'habit de nos Maîtres, comme vous le savez, est un grand capuchon avec un liripipion. Il y a ici un docteur qui est promu dans l'un et l'autre droit et qui a de l'inimitié contre notre Maître Pierre Meyer, curé. Il l'a rencontré dernièrement dans la rue, quand notre Maître Pierre n'avait pas son habit, alors ce juriste ne lui a pas fait la révérence.

On lui a dit ensuite qu'il n'avait pas bien fait, parce que quand même il était son ennemi il devait néanmoins lui faire la révérence, pour l'honneur de la théologie sacrée ; parce qu'il devait être ennemi de la personne et non de la science ; parce que les Maîtres tiennent la place des apôtres, dont il est écrit : *Qu'ils sont beaux les pieds de ceux qui annoncent les biens et qui prêchent la paix !* Par conséquent, si leurs pieds sont beaux, combien leurs têtes et leurs mains doivent être plus belles? Et il est juste que tout homme, même les princes, rendent hommage et fassent la révérence aux théologiens et à nos Maîtres.

Alors ce juriste répondit et allégua nettement pour sa défense ses lois et plusieurs textes de l'Écriture. Comme il est écrit : *Tel je te vois, tel je te juge*, personne n'est tenu de faire la révérence à celui qui n'est pas mis comme il doit, lors même qu'il serait prince. Et lorsqu'un prêtre est surpris dans un acte indécent, et qu'il n'est pas vêtu comme le prêtre doit l'être, mais en habits séculiers, alors le juge séculier peut s'emparer de lui le traiter comme un séculier et le punir d'une peine corporelle, nonobstant les priviléges des clercs.

Ainsi parla ce juriste ; mais vous devriez me faire connaître votre opinion, et si vous ne le savez pas par vous-même, vous iriez consulter les juristes et les théologiens de l'université de Cologne pour que je sache la vérité, parce que Dieu est la vérité et celui qui aime la vérité aime Dieu. Vous devriez pareillement me faire savoir comment va votre procès avec le docteur Reuchlin. J'apprends que les grandes dépenses qu'il a faites l'ont appauvri et je m'en réjouis fort, car j'espère que les théologiens seront victorieux et vous aussi. Portez-vous bien au nom du Seigneur.

Donné à Francfort.

JEAN STABLER

de Miltenberg

A MAITRE ORTUIN GRATIUS

SALUT

OMME vous avez toujours désiré avoir du nouveau, il est temps, puisque je le dois et que je le peux, de vous apprendre une nouvelle, quoique je regrette qu'elle ne soit pas bonne. Vous saurez que les frères de l'ordre des Prêcheurs ont eu ici des indulgences qu'ils ont obtenues à grands frais de la Cour de Rome, et dont ils ont retiré une assez grande somme d'argent. Alors un voleur vint pendant la nuit dans l'église et prit plus de trois cents florins qu'il emporta. Ces frères, qui sont des personnes zélées et très-bien affectionnées dans la foi chrétienne, furent tristes et se plaignirent de ce voleur. Les bourgeois ont envoyé de toutes parts et n'ont pas pu le trouver, parce qu'il s'est enfui et qu'il a l'argent avec lui. C'est une grande abomination que d'avoir agi de la sorte avec les indulgences papales et dans un lieu sacré; celui qui l'a commise est excommunié en quelque lieu qu'il soit.

Les gens qui ont été absous et qui ont mis leur argent dans ce tronc croient maintenant qu'ils ne sont pas absous ; mais il n'en est rien : ils sont aussi bien absous que si les frères Prêcheurs avaient encore leur argent.

Vous saurez aussi que ceux qui sont du parti du docteur Reuchlin font courir ici beaucoup de bruits. Ils disent que les frères Prêcheurs ont obtenu ces indulgences de la Cour de Rome parce qu'ils veulent, avec cet argent, vexer ce docteur et le tourmenter pour la cause de la foi, et que les gens ne devraient rien leur donner, de quelque condition qu'ils fussent, haute ou basse, ecclésiastique ou mondaine.

J'ai assisté dernièrement, à Mayence, à un acte que nos Maîtres ont célébré contre Reuchlin. Alors il y avait là un Prêcheur très-distingué, qui a été promu notre Maître à Heidelberg, et qui se nomme Barthélemy Zehender, en latin Dimier. Il publia en chaire que tout le monde devait se réunir le jour suivant pour voir brûler le *Miroir oculaire*, parce qu'il pensait qu'il n'était pas possible que le docteur Reuchlin pût inventer une fourberie pour que cela n'eût pas lieu. Alors un compagnon qui était là et qui, dit-on, est poëte, alla de tous côtés et sema les plus mauvais discours contre ledit notre Maître, et quand il le rencontra, alors il le regarda d'un œil de dragon et de venin. Et il dit publiquement : « Ce Prêcheur n'est pas digne de s'asseoir à la table où s'asseoient les gens de bien, car je peux prouver qu'il est un coquin et un poltron, attendu qu'en chaire, dans votre église, il a menti devant tout le peuple contre la réputation d'un excellent homme, et il a dit des choses qui n'étaient pas. » Et il a osé dire : « C'est par jalousie qu'on tourmente ce bon docteur. » Et il a appelé notre Maître bête et chien ; et il a dit qu'aucun pharisien n'avait jamais été aussi vaurien et aussi jaloux. De tels discours vinrent aux oreilles dudit Maître, qui s'excusa suffisamment, à mon sens, parce qu'il dit que, quoique ce livre n'ait pas été brûlé, cependant il sera peut-être brûlé plus tard. Et il a allégué l'Écriture sainte en plusieurs endroits, prouvant qu'il n'y a pas mensonge quand quelqu'un dit quelque chose pour la foi catholique. Et il a dit que les baillis et les officiaux de l'évêque de Mayence ont empêché ce fait contre toute équité. Mais on verra bien ce qui va arriver, parce qu'il a prophétisé que ce livre serait brûlé, quand même l'empereur et le roi de France, et tous les princes et les ducs tiendraient pour le docteur Reuchlin. J'ai voulu vous donner avis de tout cela afin que vous fussiez averti. Je vous prie de vouloir être diligent dans vos affaires pour ne point encourir de scandale. Portez-vous bien.

Donné à Miltenberg.

FRÈRE CONRAD DOLLENKOPFF

A MAITRE

ORTUIN GRATIUS

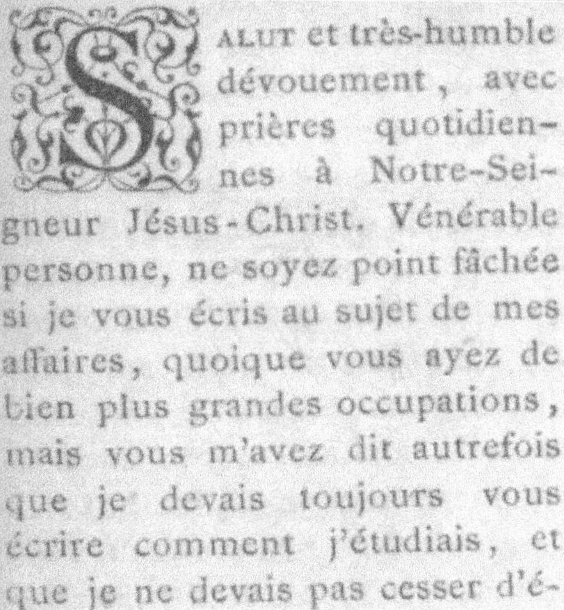

SALUT et très-humble dévouement, avec prières quotidiennes à Notre-Seigneur Jésus-Christ. Vénérable personne, ne soyez point fâchée si je vous écris au sujet de mes affaires, quoique vous ayez de bien plus grandes occupations, mais vous m'avez dit autrefois que je devais toujours vous écrire comment j'étudiais, et que je ne devais pas cesser d'étudier, mais que je devais continuer parce que j'avais un bon esprit et que je pouvais, avec l'aide de Dieu, bien profiter si je voulais. Vous saurez donc que pour le moment je me suis transporté à l'école d'Heidelberg, et j'étudie en théologie. Avec cela je prends tous les jours une leçon en poésie, en quoi je commence à faire des progrès notables par la grâce de Dieu. Je sais déjà par cœur toutes les fables d'Ovide dans ses *Métamorphoses*, et je sais les expliquer quadruplement, c'est-à-dire naturellement, littéralement, historiquement et spirituellement, ce que ne savent pas ces poëtes séculiers. Dernièrement j'ai demandé à l'un d'eux : « D'où vient le mot *Mavors* (Mars)? » Alors il me donna une définition qui n'était pas vraie, mais je le repris et je lui dis que *Mavors* signifiait *mares vorans* (qui dévore les mâles), et il fut confus. Alors je lui dis : « Qu'entend-on allégoriquement par les neuf Muses? » Alors il ne le sut pas davantage, et je lui dis que les neuf Musessignifiaient les sept chœurs des anges. En troisième lieu je lui dis : « D'où vient le mot *Mercurius* (Mercure)? » et comme il ne le savait pas, je lui dis que *Mercurius* signifiait *mercatorum curius* (patron des marchands), parce qu'il est le dieu des marchands et qu'il s'intéresse à eux.

Vous voyez par là que ces poètes aujourd'hui n'étudient dans leur art que littéralement, et qu'ils ne comprennent pas les allégories et les explications spirituelles, parce que ce sont des hommes charnels, et, comme l'écrit l'Apôtre aux Corinthiens : *L'homme animal ne conçoit point les choses qui sont de l'Esprit de Dieu*.

Vous me direz peut-être : « D'où vous vient cette subtilité? » Je vous répondrai que dernièrement je me suis procuré un livre qu'a écrit un notre Maître anglais de notre ordre, qui a nom Thomas de Walleys ; il a composé ce livre sur le livre des *Métamorphoses* d'Ovide, en en expliquant toutes les fables allégoriquement et spirituellement. Il est si profond en théologie que vous ne le croirez pas. Il est très-certain que le Saint-Esprit a infusé à cette personne une telle science, parce qu'elle établit les concordances qui existent entre l'Écriture sainte et les fables poétiques, comme vous pourrez le remarquer d'après les passages que je vais citer.

Touchant le serpent Python, qu'a tué Apollon, le Psalmiste écrit : *Ce dragon que vous avez formé pour jouer avec elle* ; et encore : *Vous marcherez sur l'aspic et sur le basilic.* Touchant Saturne, qui est représenté comme un homme âgé et le père des dieux, mangeant ses enfants, il est écrit par Ézéchiel : *Les pères mangeront leurs enfants au milieu de vous.* Diane, se promenant çà et là, avec plusieurs vierges, signifie la bienheureuse vierge Marie, et c'est pourquoi il est écrit d'elle dans les Psaumes : *Des vierges seront amenées après elle* ; et ailleurs : *Entraînez-moi après vous : nous courrons à l'odeur de vos parfums.* Item touchant Jupiter, quand il défiora la vierge Calisto et qu'il s'en retourna au ciel, il est écrit dans saint Matthieu, XII : *Je retournerai dans ma maison d'où je suis parti.* Item touchant la suivante Aglaure, que Mercure changea en pierre, cette pétrification est mentionnée dans Job, XLII : *Son cœur sera endurci comme la pierre.* Item quand Jupiter forniqua la vierge Europe, cela se trouve aussi dans l'Écriture sainte, ce que je ne savais pas encore, parce qu'il lui dit : *Écoute, ma fille, vois et prête l'oreille, parce que le roi est épris de ta beauté.* Item Cadmus, cherchant sa sœur, représente le Christ à la recherche de sa sœur, c'est-à-dire de l'âme humaine, et il bâtit une ville, c'est-à-dire l'Église. Touchant Actéon, qui a vu Diane toute nue, Ézéchiel a prophétisé en disant, ch. XVI : *Vous étiez toute nue et pleine de confusion ; j'ai passé auprès de vous et je vous ai considérée.* Et ce n'est pas en vain que les poëtes ont écrit que Bacchus était né deux fois, parce qu'on entend par là le Christ qui est aussi né deux fois, une fois avant les siècles et une autre fois humainement et charnellement. Et Sémélé, qui nourrit Bacchus, signifie la bienheureuse Vierge, à qui il est dit dans l'Exode, II : *Prends cet enfant et nourris-le-moi, et je te donnerai ta récompense.* Item la fable de Pyrame et de Thisbé s'explique ainsi allégoriquement et spirituellement : Pyrame signifie le fils de Dieu, et Thisbé signifie l'âme humaine, qu'aime le Christ et de laquelle il est écrit dans l'Évangile : *Son glaive transpercera ton âme.* Luc. II. Ainsi Thisbé se perça du glaive de son amant. Item touchant Vulcain, qui est jeté hors du ciel et qui devient boiteux, il est écrit dans les Psaumes : *Ils ont été chassés et n'ont pu rester debout.*

J'ai appris dans ce livre ces explications et plusieurs autres semblables. Vous verriez des choses merveilleuses si vous étiez avec moi. C'est d'après cette méthode que nous devons étudier en poésie. Mais excusez-moi si j'ose presque enseigner votre Seigneurie, parce que vous en savez plus long que moi, mais je l'ai fait dans une bonne intention. J'ai pris ici mes dispositions; quelqu'un de Tubingen doit me faire savoir tout ce que fait le docteur Reuchlin, afin que je puisse vous en aviser. Mais je ne sais rien, sans quoi je vous le notifierais. Maintenant portez-vous bien en charité non feinte.

Donné à Heidelberg.

MAITRE TILMANN LUMPLIN

A MAITRE

ORTUIN GRATIUS

SALUT

JE *suis le plus fou des hommes et la sagesse n'est point avec moi ; je n'ai pas appris la sagesse et je ne connais point la science des saints.* Proverbes, XXX. Par conséquent vous ne devez pas me mépriser si je prétends vous donner un conseil pour vos actions, parce que je le fais dans un bon esprit.

Je veux vous avertir selon ce que je comprends et je veux vous corriger un peu, parce que *la réprimande donne l'intelligence.* Il est écrit dans l'Ecclésiastique, ch. XIII : *Celui qui touchera de la poix en sera sali.* Il en est ainsi de vous; puisque vous voulez m'avoir pour votre ami, il faut donc que vous preniez en bonne part les réprimandes que je vous ferai.

Je me suis aperçu ou j'ai compris que vous vous taisiez dans la cause de Jean Reuchlin et que vous ne lui répondiez pas à l'égard de ses scandales. Et j'ai été très-irrité, parce que je vous aime et qu'il est écrit : *Je corrige celui que j'aime.* Car pourquoi avez-vous commencé à lui répondre, si vous ne voulez pas continuer ? N'êtes-vous pas capable ? Pardieu, vous êtes bien plus fort que lui, surtout en faculté théologique ; donc vous devez lui répondre, défendre votre réputation et prêcher la foi chrétienne, contre laquelle écrit cet hérétique. Vous ne devez avoir égard à personne, parce que Salomon dit dans l'Ecclésiastique, ch. XIII : *Ne soyez pas humble dans votre sagesse, de peur qu'en vous humiliant vous ne vous laissiez séduire pour commettre une folie.* Vous ne devez pas craindre que la puissance des juristes mette votre corps en danger, parce que vous devez souffrir tout cela pour la foi et la vérité. C'est pourquoi le Christ dit dans l'évangile de saint Matthieu, XVI : *Celui qui voudra sauver son âme la perdra.* Si vous craignez de ne pouvoir le vaincre, alors vous ne croyez pas à l'Évangile, parce que c'est la cause de la foi. Et il est écrit dans l'Évangile que rien n'est impossible à l'homme qui croit, parce qu'il est dit dans saint Matthieu, XVII : *Si vous aviez de la foi comme un grain de sénevé, vous diriez à cette montagne :* Transporte-toi d'ici là, *et elle s'y transporterait, et rien ne vous serait impossible.*

Mais il n'est pas possible que

le docteur Reuchlin puisse écrire la vérité, parce qu'il n'a pas la foi intégralement, parce qu'il défend les Juifs, qui sont les ennemis de la foi, qu'il est contre les opinions des docteurs, et qu'avec cela il est pécheur, comme l'écrit Maître Jean Pfefferkorn dans son livre intitulé *le Tocsin*. Or les pécheurs n'ont rien à démêler avec l'Écriture sainte, parce qu'il est écrit dans le psaume XLIX : *Mais Dieu a dit au pécheur : « Pourquoi publies-tu mes décrets? pourquoi ta bouche annonce-t-elle mon alliance?* » Par conséquent je vous recommande et je vous prie cordialement de vouloir vous défendre hardiment, afin que les hommes puissent dire de vous avec éloge que vous défendez l'Église et votre réputation. Vous ne devez avoir égard à personne, quand même le pape voudrait s'y opposer, parce que l'Église est au-dessus du pape. Excusez-moi si je vous avertis, car je vous aime, et *vous savez, Seigneur, que je vous aime.* Portez-vous bien dans la force du corps et de l'âme.

JEAN SCHNARHOLTZ

Qui sera bientôt licencié, adresse de très-exubérantes salutations, avec la plus humble soumission à ses ordres,

A TRÈS-PROFOND ET TRÈS-ILLUMINÉ

MAITRE ORTUIN GRATIUS

Théologien, poëte et orateur à Cologne, son seigneur et son précepteur très-honoré.

Très-cordial et très-profond Maître Ortuin, moi, Jean Schnarholtz, qui serai bientôt licencié en théologie dans la célèbre université de Tubingen, je voudrais bien parler à votre Grandeur, mais je crains que ce ne soit une irrévérence, car vous êtes si savant, et vous avez une si grande réputation à Cologne, que personne ne doit approcher de votre Grandeur sans s'être bien regardé auparavant, parce qu'il est écrit : *Ami, pourquoi es-tu entré ici sans avoir la robe nuptiale?* Mais vous êtes humble, et vous savez vous humilier, conformément à ce que dit l'Écriture : *Celui qui s'humilie sera élevé, et celui qui s'élève sera humilié.* C'est pourquoi je veux quitter ma crainte et parler à votre Seigneurie hardiment, mais néanmoins avec la révérence qui lui est due.

J'ai entendu dernièrement prêcher ici un Maître de Paris, au milieu d'un grand auditoire, pour la fête de l'Ascension du Seigneur. Il prit pour texte : *Dieu est monté au ciel avec jubilation*, et il fit un bon sermon, qui fut loué de tous les assistants, qui pleurèrent, en s'améliorant par cette prédication. Dans la seconde partie de sa conférence il introduisit deux conclusions très-magistrales et subtiles.

La première fut que quand le Seigneur monta au ciel, les mains levées, alors les apôtres et la bienheureuse Vierge se tinrent debout et crièrent avec tant de jubilation qu'ils s'enrouèrent, afin que s'accomplît la prophétie qui dit : *Ils ont crié et leurs voix se sont enrouées.* Il prouva que ce cri était un cri de joie et nécessaire pour la foi catholique, témoin cette parole du Seigneur dans l'Évangile : *En vérité, en vérité je vous le dis, s'ils se taisent, les pierres crieront.* Ils ont tous crié charitablement avec un grand zèle, mais surtout le bienheureux Pierre, qui avait une voix de trompette, comme l'atteste David : *Ce pauvre a crié.* La bienheureuse Vierge n'a pas crié, mais elle a loué Dieu dans son cœur, parce qu'elle savait bien que tout cela devait arriver, comme l'ange le lui avait prédit. Et quand les apôtres eurent crié ainsi unanimement avec jubilation et dévotion, un ange vint du ciel et leur dit : « Hommes de Galilée, pourquoi êtes-vous ici debout criant et regardant le ciel ? Ce Jésus qui est monté au ciel viendra tel que vous l'avez vu. » Et cela est arrivé pour que s'accomplît cette parole de l'Écriture : *Les justes ont crié et le Seigneur les a exaucés.*

La seconde conclusion fut plus magistrale ; et en voici la forme : Le Fils de l'homme a voulu avoir sa passion, sa sépulture, sa résurrection à Jérusalem, qui est au centre de la terre, afin que tous les pays connussent sa résurrection et qu'aucun gentil ne pût excuser son hérésie en disant : « Je ne sais pas que le Seigneur est ressuscité des morts. » Parce que ce qui est au milieu peut être vu de tous ceux qui sont à l'entour, et nul incrédule n'a le moindre prétexte d'excuse sur le lieu où le Seigneur a fait son ascension; ce lieu est au centre et au milieu de la terre, une cloche que tout le monde entend y est suspendue, et quand elle sonne elle rend un son horrible pour le jugement dernier et l'ascension du Seigneur, et quand elle sonne, les sourds même l'entendent. Il a tiré plusieurs corollaires de cette conclusion qu'il a apprise à Paris. Mais quand il eut fini de prêcher, alors un Maître d'Erfurth voulut le reprendre, mais il demeura confus. Vous devriez m'indiquer les livres qui traitent de cette matière, et je les achèterai.

Donné à Bâle, chez Beatus Rhenanus, qui est votre ami.

WILLIBRORD NICET

De l'ordre des Guillelmites, bachelier faisant cours en théologie par l'autorité du très-révérend général de l'ordre, se recommande en le saluant

A BARTHÉLEMY COLP

Bachelier formé en théologie, de l'ordre des Carmes.

E vous adresse autant et plus de salutations qu'il y a de gouttes d'eau dans la mer, qu'il y a de béguines dans Cologne la sainte, et qu'il y a de poils sur la peau des

ânes. Vénérable Seigneur Carme Colp, je sais que vous êtes d'un ordre excellent, que vous avez une foule d'indulgences du siége apostolique, et que nul ordre ne peut prévaloir sur votre ordre, parce que vous pouvez absoudre différents cas en confession, quand les pénitents ont la contrition et la componction et qu'ils veulent communier. C'est pourquoi je veux soumettre à votre Seigneurie une question théologique que vous pourrez bien résoudre, car vous êtes un bon artiste, vous savez bien prêcher, vous avez un bon zèle et vous êtes consciencieux. Avec cela je sais que vous avez dans votre couvent une grande bibliothèque, dans laquelle il y a beaucoup de livres sur la sainte Écriture, sur la philosophie, sur la logique et sur Pierre d'Espagne, et aussi le Cours magistral du collége Saint-Laurent de Cologne, que régit actuellement notre Maître de Tongres, personne très-zélée, profonde en théologie contemplative et illuminée dans la foi catholique. Un certain docteur en droit a pourtant voulu le vexer, mais comme il ne sait pas disputer formellement et qu'il n'est pas qualifié dans les *livres des Sentences*, nos Maîtres ne font pas attention à lui. Je sais aussi particulièrement que dans ladite bibliothèque, où les bacheliers faisant cours en théologie ont leur salle d'étude, est attaché avec une chaîne de fer un livre très-notable, intitulé : *Combibilationes*, qui contient des autorités en théologie et les premiers principes de l'Écriture sainte. Il vous a été légué par un notre Maître de Paris à l'article de la mort, quand il se confessa et révéla des secrets sur saint Bonaventure; il recommanda de ne le faire lire à personne, excepté ceux de votre ordre, et pour cela le Pape a accordé des indulgences de quarante jours. A côté de ce livre se trouvent Henri de Hesse, Verneus, et tous les autres docteurs sur les *livres des Sentences*. Vous êtes fondé sur tous ces ouvrages et vous savez défendre en disputant la méthode des anciens, des modernes, des Scotistes, des Albertistes, et même de ceux qui appartiennent à la secte du collége de Knech, à Cologne, où ils ont un cours particulier.

C'est pourquoi je vous prie cordialement et charitablement de ne point vous offenser de ma demande, mais de me donner un bon conseil dans ma question, selon votre pouvoir, et de m'alléguer ce que les seigneurs docteurs décident disputativement et conclusivement. Cette question est ainsi conçue : « Les Lolards et les Béguines de Cologne sont-ils des personnes séculières ou spirituelles ? Sont-ils tenus de faire profession ? Et peuvent-ils se marier ? » J'ai longtemps étudié dans la sainte Écriture, dans le *Disciple*, dans le *Fascicule des temps* et dans d'autres livres authentiques de la sainte Écriture, mais je n'ai pas pu le trouver. De même qu'un prêtre de Fulde qui a beaucoup étudié dans lesdits livres, mais il ne l'a trouvé ni dans les répertoires ni dans les livres ; il est de la famille du seigneur pasteur de l'endroit, qui est poète parce qu'il sait bien parler latin et composer des écrits. Comme je suis curé attaché au monastère, je suis en rapport avec plusieurs personnes et je leur ai déjà fait cette question. Notre surintendant dit nettement qu'il ne peut pas décharger sa conscience dans la décision d'une semblable question, quoi qu'il ait disputé avec plusieurs docteurs de Paris et de Cologne, parce qu'il est allé jusqu'à la licence, et il répond matériellement et formellement pour le degré de Maître. Si vous ne pouvez pas déterminer cette matière, vous devriez interroger Maître Ortuin; il nous enseignera tout, car il s'appelle Gratius, à cause de la grâce divine qui est en lui, et par laquelle il n'ignore rien.

J'ai composé un poëme héroïque sur ledit livre; vous devriez le lire et le corriger, et faire une marque aux endroits superflus ou abrégés. Sachez aussi comment il plaît à Maître Ortuin; je veux le faire imprimer. Il commence ainsi :

Personne ne doit être assez fou et enseveli dans une aussi grande présomption que de vouloir devenir illuminé dans la sainte Écriture et déduire formellement des corollaires d'après saint Bonaventure, sans avoir appris par cœur les Combibilationes *que nos Maîtres répètent dans toutes les régions, notamment à Paris, qui est la mère de toutes les universités, et à Cologne, où dernièrement il a été magistralement prouvé par nos Maîtres dans une dispute théologique où ils ont tout déterminé par une preuve séraphique, qu'il valait beaucoup mieux connaître ces* Combibilationes, *qui traitent de plusieurs choses par d'irréfragables raisons, que de savoir par cœur saint Jérôme et saint Augustin, qui savent seulement écrire en bon latin, parce que les* Combibilationes *sont une excellente matière, comme le soutiennent nos Maîtres dans tous les monastères; elles concluent par des conclusions magistrales quelles sont les définitions essentielles dans les choses divines; elles traitent aussi des premiers principes de la théologie et de beaucoup d'autres choses qui sont très-magistrales.*

MAITRE

GINGOLFE LIGNIPERCUSSOR

Adresse mille milliers de salutations en charité non feinte,

A MAITRE

ORTUIN GRATIUS

Personne d'une science inénarrable

Très-glorieux Maître, je vous aime cordialement avec un zèle intime, parce que vous m'avez toujours aimé depuis que vous avez été mon précepteur très-affectionné à Deventer. Tout ce qui vous offense dans votre conscience m'afflige davantage; je sais que ce qui m'offense vous offense aussi; votre offense a toujours été mon offense; personne ne vous a jamais offensé sans m'offenser plus durement, et mon cœur ressent toutes les offenses que l'on vous fait.

Croyez-moi en bonne foi, quand Hermann de Busch vous a offensé dans sa préface il m'a plus offensé que vous, et j'ai songé comment je pourrais offenser à mon tour cet indiscret querelleur, qui est d'un orgueil si présomptueux qu'il ose offenser nos Maîtres de Paris et de Cologne. Il n'est pourtant pas gradué, quoique ses compagnons disent qu'il est promu bachelier en droit à Leipzig; mais je ne le crois pas, parce qu'il offense aussi les Maîtres de Leipzig, savoir le grand Chien et le petit Chien, et beaucoup d'autres qui pourraient l'offenser beaucoup mieux qu'il ne les offense. Mais ils ne veulent offenser personne, à cause de leur moralité et à cause de la doctrine de l'apôtre, qui dit : *Ne regimbez point contre l'aiguillon.* Mais vous devriez l'offenser à votre tour, parce que vous avez un bon esprit, que vous êtes inventif et que vous savez faire dans une heure beaucoup de vers offensants; vous sauriez l'offenser dans tous ses actes et dans toutes ses paroles. J'ai composé un écrit contre lui et je l'offense magistralement et poétiquement ; il ne pourra pas échapper à mon offense ; s'il veut m'offenser à son tour, alors je l'offenserai encore plus fortement.

Donné à la hâte à Strasbourg, chez Mathias Schurer.

MAMMOTRECT BUNTEMANTELL

Maître dans les sept arts

A MAITRE ORTUIN GRATIUS

Philosophe, orateur, poëte, juriste, théologien, et par conséquent sans état,

SALUT TRÈS-CORDIAL

Très-consciencieux Seigneur Maître Ortuin, croyez fermement que vous êtes mon cœur depuis que j'ai entendu beaucoup parler de votre talent en poésie à Cologne, car on dit que vous surpassez tous les autres dans cet art, que vous êtes bien meilleur poëte que de Busch ou Césarius, et que vous savez aussi expliquer Pline et la grammaire grecque. Par suite de cette confiance je veux vous révéler un secret sous le sceau de la confession.

Vénérable Seigneur Maître, j'aime ici une vierge, fille d'un sonneur, nommée Marguerite, qui s'est assise dernièrement à vos côtés, quand notre curé invita votre Seigneurie à un repas et vous traita révérencieusement, quand nous bûmes, que nous fûmes d'humeur joyeuse et qu'elle but à votre santé de bons coups. Je l'aime d'un amour si grand que je ne m'appartiens plus; croyez-moi fermement, je ne mange ni ne dors à cause d'elle. Le monde me dit : « Seigneur Maître, pourquoi êtes-vous aussi pâle? Pour l'amour de Dieu, laissez vos livres; vous étudiez trop, vous devriez prendre un peu de divertissement et aller au cabaret; vous êtes encore un jeune homme, vous pouvez bien encore arriver au doctorat et devenir notre Maître, vous êtes un scholatisque bon et fondamental et vous valez presque un docteur. » Mais je suis timide et je ne puis pas dire mon infirmité. Je lis Ovide, *Du Remède d'amour*, que j'ai glosé à Cologne, d'après votre

Grandeur, avec plusieurs remarques et moralités en marge; mais cela ne me soulage pas, parce que cet amour devient tous les jours plus grand.

Dernièrement j'ai dansé avec elle trois fois dans un bal de nuit, dans la maison du bailli; alors le joueur de flûte joua l'air du *Pasteur de la nouvelle cité*, et aussitôt tous les danseurs embrassèrent leurs vierges, comme c'est la coutume; j'ai aussi pressé très-amicalement contre mon cœur la mienne avec ses mamelles, et je lui ai serré fortement les mains. Alors elle sourit et dit : « Dans mon âme, seigneur Maître, vous êtes un homme délectable et vous avez les mains plus douces que les autres ; vous ne devriez pas vous faire prêtre, mais vous marier. » Et elle me regarda délectablement, parce que je crois qu'elle m'aime aussi secrètement. Mais ses yeux blessèrent mon cœur, comme si une flèche l'eût traversé ; j'allai vite au logis avec mon domestique et je me mis au lit. Alors ma mère pleura, parce qu'elle craignit que j'eusse la peste, et elle courut avec mon urine vers le docteur Brunell, criant : « Seigneur docteur, je vous prie, pour Dieu, de soulager mon fils ; je veux vous faire cadeau d'une bonne chemise, parce que j'ai promis qu'il se ferait prêtre. » Alors le médecin regarda l'urine et dit : « Ce patient est moitié bilieux et moitié flegmatique. Il a à craindre une grande tumeur autour des reins, à cause des flatuosités et des coliques causées par une mauvaise digestion. Il doit prendre une médecine extractive. Il y a une herbe nommée *Gyni* * qui pousse dans les lieux humides et qui a une odeur forte, comme l'enseigne Herbarius. Vous pilerez les parties inférieures de cette herbe et vous ferez avec leur suc un long emplâtre que vous lui appliquerez sur tout le ventre pendant une heure, et vous le ferez cou-

* Du mot grec *γυνή* (femme).

cher sur son ventre une bonne heure en bien suant. Ces coliques cesseront indubitablement avec leurs flatuosités, parce qu'il n'y a pas de remède plus efficace contre cette maladie, comme cela a été prouvé dans une foule de cas. Mais il est bon qu'il prenne auparavant une purgation de vin blanc avec quatre grammes de suc de raifort, et cela ira bien. » Alors ma mère vint et me donna une telle purgation contre ma volonté ; j'eus cette nuit cinq grosses selles, je ne dormis pas et je songeai toujours comment à la danse je l'avais pressée avec ses mamelles contre mon cœur et comment elle m'avait regardé. Je vous prie, par toute la bonté qui est en vous, de vouloir me donner une recette pour l'amour, tirée de votre petit livre où il y a écrit : *J'en ai fait l'expérience*, et que vous m'avez montré une fois en me disant : « Je peux faire avec ce livre que toute femme m'aime. » Et si vous ne le faites pas, Seigneur Maître, alors je mourrai, et ma mère mourra aussi de chagrin.

D'Heidelberg.

MAITRE ORTUIN GRATIUS

A MAITRE MAMMOTRECT,

Son plus profond ami, au premier rang de ses amitiés,

SALUT

TTENDU que l'Écriture dit : *Le Seigneur aime ceux qui marchent dans la simplicité*, par conséquent je loue votre Seigneurie de m'avoir écrit la conception de votre esprit si simplement et néanmoins oratoirement, comme vous savez bien écrire en latin. Je veux vous écrire aussi simplement, rhétoriquement et non poétiquement.

Très-aimable Seigneur Maître, vous me faites connaître votre amour; je m'étonne que vous ne soyez pas plus sage et que vous vouliez aimer les filles. Je vous dis que vous faites mal et que vous avez une intention coupable qui pourrait vous conduire en enfer. J'ai cru que vous étiez discret et que vous ne vous occupiez pas de ces frivolités qui ont toujours une mauvaise fin. Mais je vous donnerai le conseil que vous me demandez, attendu que l'Écriture dit : *Ce-*

lui qui demande reçoit. Vous devez premièrement laisser ces vaines pensées sur votre Marguerite, lesquelles vous sont suggérées par le diable, qui est le père de tout péché, suivant le témoignage de Richard, *sup.* IV. Chaque fois que vous penserez à elle, faites le signe de la croix et récitez un *Pater noster* avec ce verset du Psautier : *Que le diable se tienne à sa droite.* Mangez aussi du sel bénit tous les dimanches, aspergez-vous avec de l'eau sainte consacrée par le doyen de Saint-Rupert, et vous pourrez ainsi éviter ce diable qui vous suggère un si grand amour pour votre Marguerite, laquelle n'est pas si belle que vous pensez. Elle a une verrue sur le front, de grandes cuisses rouges, de grosses mains noires, et elle pue de la bouche à cause de ses mauvaises dents; en outre elle a de grosses fesses, suivant ce proverbe populaire : *l'art de la Marguerite est un merveilleux rets.* Mais vous êtes si aveuglé par cet amour diabolique que vous ne voyez pas ses défauts. Dernièrement, quand elle était assise à côté de moi à table, elle a beaucoup bu et mangé, elle a roté deux fois et a dit qu'elle l'avait fait avec l'escabeau. J'ai eu à Cologne une fille plus belle que votre Marguerite, et pourtant je l'ai laissée. Lorsqu'elle se fut mariée, elle me fit souvent dire par une vieille femme d'aller la voir quand son mari était absent, mais je n'y suis allé qu'une fois, un jour que j'étais ivre. Je vous exhorte à jeûner pendant deux samedis et à vous confesser ensuite à un notre Maître de l'ordre des Prêcheurs, qui pourra bien vous enseigner. Quand vous vous serez confessé, vous prierez saint Christophe qu'il veuille vous porter sur ses épaules, de peur que vous ne recidiviez et que vous ne vous plongiez dans cette mer ample et spacieuse où sont des reptiles sans nombre, c'est-à-dire des péchés infinis, comme l'explique le Compilateur, et ensuite prier pour ne pas tomber dans la tentation. Levez-vous de bon matin, lavez vos mains, peignez vos cheveux et ne soyez pas inactif, car l'Écriture dit : *O Dieu! ô mon Dieu! je veille vers vous dès le point du jour.* Évitez aussi les lieux secrets; nous savons que les lieux et les circonstances induisent souvent les hommes au péché et surtout à la luxure.

Mais quant à la demande que vous me faites d'une recette infaillible pour l'amour, sachez que ce serait manquer à ma conscience. Quand je vous ai commenté ici Ovide, *De l'art d'aimer*, je vous ai dit qu'on ne devait pas employer l'art de la nécromancie pour se faire aimer des femmes. Quiconque soutient le contraire est excommunié de fait, et les inquisiteurs des erreurs hérétiques peuvent le citer et le condamner au feu. Je vous ai même cité un exemple que vous devez vous rappeler; le voici. Un bachelier de Leipzig devint amoureux de la fille d'un boulanger, nommée Catherine, et jeta sur elle une pomme nécromancienne. Elle prit la pomme, la posa sur sa poitrine, entre ses mamelles, et se mit aussitôt à aimer ce bachelier si furieusement que quand elle était à l'église, elle regardait toujours ce bachelier. Et quand elle devait réciter *Notre Père*, *qui êtes aux cieux*, elle disait : « Bachelier, où es-tu ? » Même au logis, quand son père ou sa mère l'appelait, elle répondait : « Bachelier, que veux-tu ? » Ils ne savaient qu'en dire, lorsqu'un jour un notre Maître, passant devant leur maison, salua cette fille en disant : « Bonsoir, demoiselle Catherine, vous avez une belle chevelure. » Et la jeune Catherine répondit : « Merci, bon bachelier, voulez-vous boire avec moi de l'excellente bière ? » et elle lui tendit le verre. Mais ce notre Maître fut courroucé et il l'accusa devant sa mère en disant : « Dame boulangère, corrigez votre fille, elle est très-indiscrète, elle a scandalisé notre université, car elle m'a appelé bachelier et je suis notre Maître. En vérité, en vérité, je vous dis qu'elle a commis un péché mortel; elle m'a ravi mon honneur, et le péché ne s'efface pas si l'on ne restitue ce que l'on a ravi. Elle a aussi nommé bacheliers d'autres nos Maîtres; je crois qu'elle aime un bachelier; faites-y attention. » Alors sa mère prit un bâton et lui appliqua tant de coups sur la tête et sur le dos qu'elle en pissa dans sa chemise; et elle la renferma pendant six mois dans une chambre, où elle ne lui donna à manger que du pain et de l'eau. Pendant ce temps le bachelier prit ses degrés et célébra sa première messe; ensuite il eut une cure à Padorauw, en Saxe. Sitôt que cette jeune fille le sut, elle sauta par une haute fenêtre, se cassa presque le bras droit, et s'enfuit en Saxe vers ce bachelier, avec lequel elle est encore aujourd'hui et dont elle a quatre enfants. Vous savez bien que c'est un scandale pour l'Église. Par conséquent vous devez donc prendre garde à cet art de la nécromancie, qui engendre bien des maux. Mais vous pouvez bien vous servir de la médecine de *Gyni* que le Seigneur docteur Brunell vous a recommandée; c'est une bonne médecine, je l'ai employée souvent contre tes coliques. Portez-vous bien avec votre mère.

De Cologne, dans la maison de seigneur Jean Pfefferkorn.

LYRA BUNTSCHUCHMACHER,

Théologien de l'ordre des Prêcheurs,

A GUILLAUME HACKINET,

Qui est le plus théologien des théologiens,

SALUT

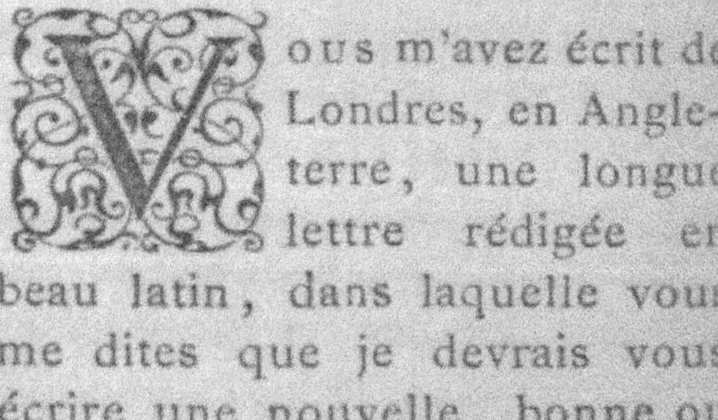

Vous m'avez écrit de Londres, en Angleterre, une longue lettre rédigée en beau latin, dans laquelle vous me dites que je devrais vous écrire une nouvelle, bonne ou mauvaise, parce que vous êtes naturellement enclin à apprendre du nouveau, comme font tous ceux qui sont d'une complexion sanguine, qui aiment à entendre des chansons et qui sont à table de bonne humeur. J'ai été très-joyeux quand j'ai reçu votre lettre, comme celui qui trouve une pierre précieuse, et je l'ai montrée à mes Seigneurs Jean Grocin et Linacre, en disant : « Voyez, mes Seigneurs, voyez, ce notre Maître n'est-il pas un modèle dans la latinité et dans l'art de composer des écrits et des lettres ? » Et ils jurèrent qu'ils ne pourraient pas rédiger des lettres semblables dans l'art de la latinité, quoique ils fussent poëtes grecs et latins.

Et ils vous élevèrent au-dessus de tous ceux qui sont en Angleterre, en France, en Allemagne et dans toutes les nations qui sont sous le ciel. Il n'est donc pas étonnant que vous soyez général de votre ordre et que le roi de France vous aime, car vous n'avez pas votre pareil pour la latinité, la dispute, la prédication, et vous savez très-bien diriger le roi et la reine en confession. Ces deux poëtes vous ont aussi loué de posséder l'art de la rhétorique; mais il y a ici un jeune compagnon qui se nomme Richard Crocus : il a osé dire contre vous que vous n'écriviez pas selon les règles de l'art de la rhétorique, mais il a été très-embarrassé quand il a fallu le prouver. Il est maintenant à Leipzig, et il apprend la logique de Pierre d'Espagne; je crois qu'à l'avenir il sera plus discret. Mais je passe aux nouvelles.

Les habitants de Schwitz et les Lansquenets ont eu entre eux une grande guerre et se sont tués par milliers. Il est à craindre qu'aucun d'eux n'aille au ciel, parce qu'ils font cela pour de l'argent, et qu'un chrétien ne doit pas en tuer un autre. Mais vous ne vous souciez pas de cet événement, car ce sont des gens sans importance, qui se battent parce qu'ils le veulent bien.

Il y a une autre nouvelle pire que celle-là, et Dieu veuille qu'elle ne soit pas vraie : on écrit de Rome que le *Miroir* de Jean Reuchlin a été de nouveau traduit de la langue maternelle en latin par ordre de notre Seigneur le Pape, et que cette traduction diffère en plus de deux cents passages de celle qu'ont publiée nos Maîtres et Jean Pfefferkorn de Cologne. On affirme aussi qu'à Rome elle est imprimée et lue publiquement avec le *Talmud* des Juifs. On conclut de là que nos Maîtres sont des faussaires et des infâmes parce qu'ils ont mal traduit, ou bien qu'ils sont des ânes qui ne savent ni le latin ni l'allemand; et comme ils ont brûlé ce livre à Saint-André de Cologne, ils devraient aussi brûler leur sentence et le jugement des Parisiens, à moins de passer pour des hérétiques.

Je pourrais pleurer du sang tant je suis affligé. Qui voudra désormais étudier en théologie et rendre à nos Maîtres la révérence qui leur est due, en apprenant de telles choses? Tout le monde croira que le docteur Reuchlin est plus profond que nos Maîtres, ce qui est impossible. En même temps on écrit que dans trois mois viendra le jugement définitif contre nos Maîtres, et que le pape ordonnera, sous peine de censure de sentence prononcée, que les frères de l'ordre des Prêcheurs devront, à cause de leur impudence, porter des besicles sur leur cape noire, derrière le dos, en mémoire éternelle du scandale qu'ils ont commis en faisant injure au *Miroir oculaire* de Seigneur Jean Reuchlin; comme on dit aussi qu'ils ont commis un scandale dans la célébration de la messe en empoisonnant un empereur. Je ne pense pas que le pape soit si fou de le faire. S'il le fait, nous voulons, dans tout notre ordre, réciter contre lui le psaume : *Deus laudem*. Du reste, les pères et nos Maîtres songent maintenant aux moyens d'obvier à ce malheur. Ils veulent obtenir du Siége apostolique les indulgences les plus étendues et ramasser en Allemagne et en France une très-grosse somme d'argent, à l'aide de laquelle ils pourront résister à ce défenseur des Juifs jusqu'à ce qu'il meure, parce qu'il est vieux. Et alors ils le condamneront complétement. Portez-vous bien, donnez-moi un conseil selon votre pouvoir, et travaillez au bien de l'ordre.

FIN DE LA DEUXIÈME SÉRIE.

Paris. — Imp. Jouaust.

BIBLIOTHÈQUE

RÉCRÉATIVE

Contes, lettres, dialogues, satires, facéties, écrits en français ou traduits du latin, publiés par V. Develay.

Editions diamant, petit in-32, imprimées sur papier vergé. — Tirage à 500 exemplaires, plus 10 sur papier de Chine. — Plusieurs ouvrages sont accompagnés de vignettes.

EN VENTE :

JEAN SECOND, *Les Baisers* . . .	2 fr.
— *Julie*, poëme.	3
— *Les Amours*.	2
ERASME, *Le Congrès des femmes*.	1
— *La Fille ennemie du mariage et repentante* .	2
— *Le Mariage*	2
— *Le Jeune Homme et la Fille de joie*.	1
— *L'Amant et la Maîtresse*.	2
BOUFFLERS, *Aline, reine de Golconde*.	2
SÉNÈQUE, *Apocoloquintose*. . .	2

Salluste, *Lettres à César*. . . 2 fr.
Caton, *Distiques moraux* . . . 2
Ulric de Hutten, *Dialogue très-facétieux et très-salé* 2
Perse, *Satires*. 3
Heinsius, *Eloge du Pou*. . . . 1 50
Lettres des hommes obscurs, 1re et 2e séries 6

www.ingramcontent.com/pod-product-compliance
Lightning Source LLC
LaVergne TN
LVHW020320230826
846091LV00003B/732